AF320834

LE

JOURNALISTE LEBOIS

ET

L'AMI DU PEUPLE

(AN III. — AN VIII.)

———

A presse et les journalistes n'ont pas été traités avec faveur par la Révolution. Cependant l'Assemblée nationale avait proclamé en 1789 la libre communication des opinions et supprimé la censure en 1791 ; la Convention nationale avait accordé en 1793 à tout citoyen, par l'article 7 de la Déclaration des Droits de l'homme, le pouvoir de manifester librement sa pensée, et la Constitution de l'an III avait solennellement garanti les mêmes droits... Malgré toutes ces libertés, les rédacteurs des feuilles publiques eurent à subir les plus iniques, les plus cruels traitements. Ils furent d'abord dénoncés, puis arrêtés, puis déportés, puis égorgés. Les noms et la destinée de Durozoi, Camille Desmoulins, Linguet, Brissot, Gorsas, Girey-Dupré, Decharnois, Parisau, Boyer, Rabaut-Saint-Étienne, Ducos, Philippeaux, Leclerc, Fauchet, Lamourette, Bouyon, André Chénier (et nous en passons !) sont encore présents à toutes les mémoires.

C'est le 11 janvier 1790 qu'on livre contre les journalistes le premier assaut. Le député Dufraisse-Duchey signale à l'indignation publique *le Journal de Paris, les Révolutions de Paris*, et le journal de Marat, *l'Ami du peuple*. Il demande qu'on défende à tout député de faire un journal ou d'y collaborer. L'Assemblée renvoie la question à son comité de constitution et le charge de lui présenter au plus tôt un projet de règlement sur la presse. Ce comité fait adopter quelques mesures préventives [1] ; mais, l'opinion publique aidant, on vote le décret des 3-11 septembre 1792, qui abolit tous les procès criminels et jugements rendus depuis le 14 juillet 1789 pour faits relatifs à la liberté de la presse. Cette mansuétude n'est pas de longue durée, car voici les démagogues qui arrivent au pouvoir, et les mêmes, qui ont tant de fois réclamé la licence de la parole, vont étouffer la voix de leurs adversaires et remplacer la censure par la hache.

Le 8 mars 1793, le montagnard Duhem, sous prétexte de venger la Convention nationale outragée par les journaux, attaque avec fureur les folliculaires, hommes vils et méprisables suivant lui, qui ne se sont attachés depuis le 10 août qu'à tromper l'esprit public. « Il faut, s'écrie-t-il, faire taire ces insectes calomniateurs qui sont les seuls obstacles aux progrès de la Révolution... Je demande que la Convention chasse de son sein tous ces êtres immondes et qu'on charge le comité de sûreté générale de les mettre à la raison. Je demande que les journalistes soient expulsés de cette salle !... — Oui, oui ! » lui répondent un grand nombre de voix. La Convention est alors livrée au plus violent tumulte. Chaque représentant injurie son voisin.

— Quelle confiance, observe tout à coup Bourdon de l'Oise, voulez-vous que l'on ait dans la Convention, quand un Brissot la calomnie tous les jours ?

Boyer-Fonfrède. — Qu'on interdise donc aussi le journal de Marat !

Bourdon. — Eh bien, oui !

Thureau. — Je demande que *le Bulletin* soit le seul qui puisse circuler dans les départements !

Boyer-Fonfrède prend alors la parole. Il regrette qu'au moment où l'on cherche à donner la liberté à la France, on veuille rétablir la censure et l'inquisition : Je vous rappelle, dit-il, les paroles de Danton et les ouvrages de Lepelletier qui avaient tous pour devise : La liberté ou la mort !

Duhem. — La liberté de la presse n'est pas celle de faire la contre-révolution !

On pouvait s'attendre à des mesures violentes ; toutefois l'Assemblée passa à l'ordre du jour. Mais le lendemain elle devait aller plus loin. Au début de la séance, le président fit lire par un secrétaire une lettre d'un citoyen Boursiaux qui apprenait aux représentants qu'une horde de deux cents hommes armés s'était introduite chez le journaliste Gorsas et avait brisé ses presses. « Quant à Gorsas, disait Boursiaux, il s'était échappé, un pistolet à la main, des bras de son épouse !... » La gauche et l'extrême gauche réclamèrent l'ordre du jour au sujet de cette protestation. Un violent orage accueillit cette étrange proposition qui violait la liberté individuelle. Mazuyer et Couppé purent à peine exprimer leur indignation, tandis que Lacroix profitait de l'occasion pour se laisser aller à une virulente sortie contre les journalistes.

« Je vois avec peine, dit-il, que des représentants du peuple, qui sont en-

---

1. Voy. *Observations sur la loi relative aux délits de presse.* — Œuvre de F. de Pange, p. 100 et suiv. — Voy. *De la liberté de la presse,* par A. Chénier — n° 29 des Révolutions de Paris.

voyés ici pour faire de bonnes lois, pour s'y occuper des intérêts du peuple, s'amusent à faire des journaux, à gangréner l'esprit des départements (on applaudit), à critiquer avec trop d'amertume les opinions de la Convention qui ne sont pas les leurs ! (On applaudit.) Je vois deux caractères dans Gorsas : celui de représentant de la nation, et le peuple l'honore ; et celui de journaliste que le peuple méprise. (On applaudit.) Je demande que cette lettre soit renvoyée au maire de Paris pour vérifier les faits et en rendre compte, séance tenante. » Thuriot s'associa à la motion de Lacroix. « Un représentant de la nation, observa-t-il, doit tous ses instants à la République. En faisant un journal, il vole l'indemnité qu'il reçoit de la nation : il faut rétablir la nation dans ses droits. Je demande donc que tous les membres de la Convention qui font des journaux soient tenus de rendre l'indemnité qu'ils ont reçue. — Moi, répondit Lacroix, je demande qu'ils soient tenus d'opter entre la qualité de folliculaire et celle de représentant du peuple. » Cette dernière proposition fut mise aux voix et adoptée ; mais, tr... semaines après, le 2 avril, sur les observations de Barère lui-même et de Boy...-Fonfrède, elle fut rapportée. Gorsas devait un peu plus tard payer de sa tête ce curieux incident.

En dépit de l'article 7 de la Déclaration des Droits de l'homme, aucune liberté n'était permise aux journalistes. Ainsi, le 17 octobre 1793, Piori dénonçait à la vindicte de la Convention nationale *la Feuille de salut public*, qui avait accusé la commission des marchés d'avoir favorisé les fournisseurs et les accapareurs. Couppé dénonçait également *l'Observateur sans-culotte* et demandait son renvoi devant le comité de sûreté générale. Sur l'avis de Chabot, on décréta naïvement   e ni les comités ni les ministres ne pourraient solder de feuilles publiques, c. que les rédacteurs répondraient personnellement de leurs calomnies contre les membres des comités et de la Convention.

Peu à peu les mesures de répression s'accentuent et deviennent un système de gouvernement. Le 7 décembre, Amar apprend à ses collègues l'arrestation de Rabaut Saint-Étienne et de Rabaut-Pommier ; puis il profère les menaces suivantes contre les journalistes : « Il est important de prendre des mesures pour arrêter ces folliculaires aux gages des ennemis de la République, ces hommes perfides et ambitieux qui, par des opinions exagérées, cherchent à se mettre entre le peuple et vous. Ces ambitieux seront démasqués : ils tremblent aujourd'hui. Vos comités feront leur devoir : ils ne respecteront personne. (On applaudit.) »

Les Jacobins s'en mêlent à leur tour, et le 17 juin 1794, Couthon présente aux frères et amis des observations acerbes sur l'esprit de certains journalistes, sur leurs mensonges ou leurs flagorneries. Le rigide Robespierre acquiesce aux paroles de Couthon et se plaint vivement des inexactitudes du *Moniteur*. Ce journal, quoique courtisan du nouveau pouvoir, conçoit aussitôt les craintes les plus sérieuses. Dès le lendemain, il s'empresse d'adresser au dictateur de plates excuses. Les réactionnaires qui faisaient partie de la rédaction ont été écartés. On a exclu sans pitié Rabaut Saint-Étienne et le nommé His. « Il suffit, écrit le directeur Grandville, de jeter un coup d'œil sur notre feuille, depuis un mois, pour voir qu'il n'est aucun journal qui ait plus contribué à culbuter dans l'opinion les intrigants, dont le peuple va faire justice. Aussi avons-nous déjà perdu mille abonnés dans le Midi et dans la Normandie ; aussi à Marseille a-t-on abord arrêté à la poste, puis brûlé *le Moniteur* en place publique !... » Mais qu'importaient ces bassesses à Robespierre ? Cet homme avait juré une haine implacable aux journalistes, et ni menaces ni flatteries ne pouvaient l'apaiser. On se rappelle qu'il écrivait dans ses notes confidentielles : « Quels sont les obstacles à l'instruction du peuple ?... Les écrivains mercenaires qui l'égarent par des impostures journalières et impudentes. Que conclure de là ?... *Qu'il faut proscrire les écrivains comme les plus dangereux ennemis de la patrie.* » Si le régime déchu avait appliqué les mêmes mesures à ses détracteurs, Robespierre eût été frappé le premier. Et quelles protestations indignées n'aurait-on pas soulevées de toutes parts !... Mais Robespierre, parvenu au pouvoir, se piquait peu de logique. Comme tous les despotes arrivés à leur but, il ne voyait qu'une chose : se débarrasser de ses ennemis. Les journalistes étaient naturellement les premiers. Aussi dans le projet, rédigé par Robespierre, du rapport contre Fabre d'Églantine, Danton, Philippeaux, Lacroix et C. Desmoulins[1], je trouve ces lignes significatives : « Il y a un trait de Danton qui prouve une âme ingrate et noire : il avait hautement préconisé les dernières productions de Desmoulins : il avait osé aux Jacobins réclamer en leur faveur la liberté de la presse, lorsque je proposai pour elles les honneurs de la brûlure ! » Si l'on en croit Saint-Just, qui consentit à accepter la paternité de ce rapport, Danton ne voulait pas admettre l'influence redoutable de la presse. « Quand je montrais à Danton, dit-il, le système de calomnie de Roland et des Brissotins, développé dans tous les papiers publics, Danton me répondait : Que m'importe ? l'opinion publique est une p......, la postérité une sottise ! » Mais Saint-Just et Robespierre, simulant un grand effroi et poursuivant leurs attaques contre les écrits liberticides, parvinrent à terrasser leurs rivaux avec cette accusation.

L'horrible Marat avait eu, lui aussi, son procès de presse. Celui qui avait tant de fois provoqué au meurtre, au pillage, au renversement de la Constitution, fut décrété d'accusation, le 20 avril 1793, par deux cent dix voix contre quatre-vingt-douze. Quelques jours après, le fou furieux comparut devant les juges du tribunal révolutionnaire. « Citoyens, osa-t-il s'écrier avec emphase, ce n'est pas un coupable qui paraît devant vous, c'est l'Ami du peuple, l'apôtre et le martyr de la liberté !... » Il se défendit d'avoir prêché l'assassinat, d'avoir provoqué à la dictature, lui, le plus mortel ennemi des princes, et d'avoir inspiré le mépris de la Convention, puisque la Convention était le seul arbitre de sa propre réputation.

Les jurés, facilement convaincus, déclarèrent à l'unanimité que Marat n'était pas coupable et la foule, s'élançant vers son idole, l'emporta sur ses épaules. On plaça sur la tête du maniaque une couronne civique et on le ramena en triomphe à la Convention. Et cependant — pour une fois — les accusations des représentants étaient sérieusement fondées. Le journal de Marat n'avait rien de commun avec une feuille publique. C'était un instrument de délation, de provocation, de scélératesse inouïe. Quel rapport pouvait-il y avoir entre un journaliste et un fou furieux qui ne parlait que de sang à répandre et

---

1. *Projet, rédigé par Robespierre, du rapport fait à la Convention nationale par Saint-Just contre Fabre d'Églantine, Danton, etc.* In-8°. Chez France; 1841. Ce manuscrit provenait des Archives nationales, où Louis Du Bois en avait pris connaissance.

de vols à commettre [1]? Mais l'influence de l'Ami du peuple était si considérable
que le tribunal révolutionnaire n'osa le traiter comme un citoyen ordinaire.
Marat continua donc son abominable pamphlet jusqu'au jour où Charlotte
Corday, agissant avec la vigueur d'une patriote indignée, trancha d'un coup de
couteau la trame de ses infamies...

> Toi seule fus un homme et vengeas les humains !

Après la mort de Marat, un imprimeur nommé René-François Lebois voulut
continuer *l'Ami du peuple*. Ses curieuses tentatives, qui font l'objet de cette
étude, achèveront de démontrer quelle fut la situation des journalistes oppo-
sants jusqu'en l'an VIII. Mais il fallait auparavant dire un mot de l'attitude des
assemblées et des clubs vis-à-vis de la presse, afin d'éclairer le champ où nous
allons nous mouvoir. C'est ce qui motive les renseignements que nous avons
donnés sur les dispositions des Duhem, des Lacroix, des Robespierre, de
Thuriot, des Couppé, des Amar et autres ennemis de la presse.

Les papiers inédits de Lebois, qui nous ont été obligeamment communi-
qués aux Archives nationales, nous révéleront également les tentatives faites
par les démagogues dans le but de se venger du 9 thermidor. Nous y verrons
en même temps quels furent les efforts des journaux exaltés pour discréditer la
Convention, puis pour renverser le Directoire.

I

Lebois n'a pas d'histoire. Une note, écrite par lui et saisie par la police avec
ses papiers personnels, nous apprendra ce qu'il faut penser de ce person-
nage.

« Avant la Révolution, dit-il, dans un style qui prouve une instruction
médiocre, je demeurois rue de la Parcheminerie chez le citoyen Garin, limo-
nadier, faisant le coin de la rue Boutebrie; ce fut dans cette maison où je com-
mençois la Révolution et me réunis soit avec mes frères dans l'église alors Saint-
Séverin... » Le jour même de la prise de la Bastille, Lebois servait comme
soldat sous le commandement des citoyens Desroches, Cervelle et Croullebois.
Il dirigea ensuite plusieurs détachements, notamment le jour où les Suisses
prêtèrent serment de fidélité à la nation française, place de Grève. Lors de
l'organisation de la garde nationale, il s'enrôla un des premiers dans la
1re compagnie de la section des Thermes de Julien. Les 5 et 6 octobre, il se
rendit à Versailles avec Desroches et autres braves citoyens. « A l'époque du
massacre de Nancy, ajoute-t-il, au moment où le scélérat Lafayette voulait
faire voter des remerciments à l'infâme Bouillé, je fus chassé de son bataillon
pour avoir publié trois numéros contre ce scélérat d'un journal intitulé *les
Bassesses*... Je fus dénoncé, arraché de mon domicile et conduit à l'Hôtel de

---

1. « Le pays où de tels scélérats jouiraient de l'impunité, avait dit trois ans auparavant F. de
Pange, deviendrait bientôt un objet d'horreur pour les nations étrangères et un repaire inhabitable
pour tous les gens de bien !... »

Ville d'alors, où je restai dix-sept heures. Ce ne fut qu'à la considération de Lepelletier, aide-major de la section, et sous la condition que je n'imprimerois plus, ni que je ne parlerois plus du général Lafayette... » A la suite de cette incartade, Lebois fut obligé de quitter pendant trois mois l'uniforme pour se soustraire aux poursuites et aux vengeances des amis du général. Il devint alors directeur de l'imprimerie où s'élaborait le journal du patriote Audouin et s'enrôla dans la section du Luxembourg. En 1791, il fait de la propagande révolutionnaire à Étampes ; au 10 août 1792, il marche sur les Tuileries avec ses frères et amis ; en 1793, au mois d'avril, il est dénoncé à la Convention nationale par l'accusateur public du département de Paris, pour avoir publié un écrit violent intitulé : *Rendez-vous !*... Il se cache pendant trente-six heures et échappe aux recherches de la police. Lorsque Isnard prononça sa fameuse tirade contre Paris, Lebois lança dans la ville un placard incendiaire dont le titre était : *Grande trahison découverte !*... Il revendiqua également l'honneur d'avoir été entourer avec les patriotes de sa section la Convention nationale, au 31 mai. Les 5, 6, 7, 8 et 9 juin, il coopéra avec tant d'ardeur à la régénération de sa section qu'il fut nommé membre du comité révolutionnaire de la section de la rue Beaurepaire. Nous le voyons ensuite s'installer rue Zacharie, fréquenter le club des sans-culottes, participer au renouvellement des autorités, suivre assidûment les séances du tribunal révolutionnaire, obtenir la place de membre du comité civil et devenir enfin secrétaire de la section. Ce fut à cet instant, et après tous ces hauts faits, que Lebois eut l'idée de continuer le journal de Marat, *l'Ami du peuple*. Il l'annonça dans le prospectus suivant qui mérite d'être reproduit.

« Il y a quelque courage à se dire l'Ami du peuple et le continuateur de Marat, dans un moment où les idées les moins populaires sont accueillies avec enthousiasme et les principes de Marat repoussés avec horreur. Il y a du courage à défendre une cause — celle du peuple, des principes et de la vérité — que bien des gens croient désespérée. C'est publiquement dans les carrefours et sur les toits que vous entendez dire : Plus de 31 mai ! A bas la Montagne ! Le peuple est fait pour travailler et non pour gouverner, pour obéir et non pour dominer... — On a reproduit à la Convention le blasphème de Cazalès, de Maury, qu'un million de riches devait faire la loi à 25 millions d'hommes actifs, sobres et vertueux. La lutte est engagée. Les partis sont en présence. L'aristocratie, quoi qu'on en dise, ne fut jamais si audacieuse, ni le patriotisme si vivement assailli. Ce n'est pas l'ancien régime qu'on cherche à ramener. Peu de gens veulent un roi. Nobles et prêtres sont généralement abhorrés. La République une et indivisible a de chauds et nombreux partisans. Le besoin de se rallier autour de la Convention est universellement senti.

« Quel est donc le point de la difficulté ? La démocratie pure, telle qu'elle est sanctionnée par la Constitution de 93. Il étoit aisé de prévoir que l'égalité qui fait la base de cette admirable Constitution ne s'établiroit pas sans obstacles. Elle s'établira pourtant, car la Nature le veut et le peuple français a juré de ne suivre d'autre code que celui de la Nature... Il a déjà paru dix numéros de ce journal. Qu'on les lise et l'on verra que l'auteur n'appartient qu'à la faction des principes. Les amateurs d'épigrammes, de calomnies et de satires n'y trouveront pas de quoi repaître leur avide malignité ; mais les amis des principes, de

la vérité, du peuple, de la Constitution de 93 et de l'égalité, le liront avec
quelque intérêt ; ils se feront un devoir d'en propager l'esprit. » Le prospectus
ajoutait qu'on s'abonnait chez Lebois, imprimeur, rue Zacharie, n° 72, près la
rue Séverin, quartier du pont Michel. Le prix de l'abonnement pour cinquante
numéros était de quatre livres pour Paris et de cinq livres pour les départements, franc de port.

Ce prospectus, répandu à profusion dans Paris et les départements, amena
un certain nombre d'abonnements à *l'Ami du peuple*[1]. Quelques lettres, adres-
sées à ce sujet à Lebois, ont une certaine originalité. On en jugera immédiate-
ment par deux ou trois extraits. Ainsi un garçon boulanger, le citoyen Sotier,
écrit de Chartres : « Lebois est un sans-culotte, et moi aussi je le suis. Ce sont
deux amis sincères de la Constitution de 93. La connoissance est aisément faite
entre deux amis de la fraternité républicaine. Voilà cinq livres inclus dans cette
lettre, c'est pour trente numéros du journal *l'Ami du peuple*... » La veuve Sailly,
fabricante de faïences à Tours, s'abonne en ces termes énergiques : « Ton prospectus me tombe à l'instant entre les mains et le caractère et le bon esprit que
je reconnois dans le journal à qui tu donnes pour titre : *l'Ami du peuple*, me
fait on ne peut plus de plaisir. Je te fais passer pour commencement de mon
abonnement quinze livres pour trois mois que je continuerai, tant que tu seras
toujours vrai, et dès que je te reconnaîtrai faux, tu me permettras de faire de
toi comme j'ai déjà fait de tant d'autres, c'est-à-dire de te laisser là pour ce
que tu seras. — Salut et fraternité. »

C'était certes une maîtresse femme !...

La Société populaire de Cosne, partisan des grands principes révolutionnaires, écrit à Lebois « qu'elle recevra ce journal qui lui rappellera le souve-
nir du vertueux Marat, dont les aristocrates outragent la mémoire ».

Mais, d'un autre côté, la Société populaire de Seyssel lui retourne son journal avec ces injures et ces menaces : « Mort aux égalistes, aux fédéralistes, aux
fripons, aux intrigants, aux factieux ! Voilà le troisième envoi que la Société
reçoit de ton journal intitulé : *l'Ami du peuple*. Elle a méprisé le premier,
croyant que tu t'en tiendrais là ; au second, elle l'a dénoncé à la Convention nationale ; au troisième, elle l'a brûlé et tu trouveras ci-inclus les cen-
dres !... »

Parmi les abonnés de *l'Ami du peuple* nous rencontrons des ingénieurs,
des agents des postes, des huissiers, des chefs de légion, des receveurs de l'en-
registrement, le représentant Romme, le général Dutertre, le notaire Fortain,
le commissaire des guerres Vergne, le directeur de théâtre de la République à
Rouen, le directeur des postes Bérard, et un grand nombre de démocrates.

Les n°ˢ 1 à 72 de la première série de *l'Ami du peuple* ont le même
format que le journal de Marat, c'est-à-dire un petit *in-octavo* de huit pages. Le
premier numéro, daté du 29 fructidor an III, porte en tête ces mots : « Principes
et Vérité » — et, après le titre, cette déclaration : « La Constitution garantit à
tous les Français la liberté indéfinie de la presse, le droit de pétition, celui de
se réunir en sociétés populaires, la jouissance de tous les Droits de l'homme. »

1. Le club des Cordeliers fut un de ceux qui prêtèrent le plus d'appui à la résurrection de
l'Ami du peuple. (Voy. les séances de ce club en date des 7, 12 et 13 mars 1794.)

**

Le sommaire de ce numéro était ainsi conçu : « Questions révolutionnaires toutes à l'ordre du jour. — Ne pas confondre le fonctionnaire public avec la fonction qu'il exerce. — Principes de *l'Ami du peuple*. — Idée générale de la démocratie pure. » On y trouvait aussi cette déclaration faite par Lebois, qui signait alors : *Typo-libéro-phile*. « Je ne discute point la liberté de la presse, j'en use. Je ne me dis point courageux, mon titre l'est assez. Je ne promets point, j'agis... Dans une démocratie pure, je ne vois que le Peuple. Par peuple, j'entends tout ce qui ne peut pas exister sans le secours et le produit du travail... » Fidèle à son programme révolutionnaire, Lebois célèbre dans les autres numéros l'arrivée de Marat au Panthéon, et le gouvernement démagogique ; il attaque les aristocrates, les charlatans et les fripons qui sont au pouvoir, Fréron et *l'Orateur du peuple*, et les vampires politiques. A partir du n° 25, il signe ouvertement : « R.-F. Lebois ». Ses dénonciations et ses accusations contre les thermidoriens et les ennemis de Marat attirent enfin sur lui la colère des gouvernants. Le 17 ventôse, il est arrêté et conduit à la Force. Accusé de complicité avec Babeuf, il est maltraité par les geôliers. On le déshabille et on le met, « dit-il, dans l'état de notre premier père. Le lecteur, ajoute-t-il, me dispensera de détailler les recherches honteuses que les mandrins politiques avaient ordonné de faire !... Quoique nous n'ayons passé qu'une nuit dans cet antre de la mort, le lendemain nous étions blêmes et verdâtres. Aujourd'hui nous sommes confondus avec les buveurs de sang !... » Lebois prévenait en outre ses abonnés que l'envoi du journal avait été suspendu le 20 ventôse, sans doute en vertu de la liberté des opinions. Dans le n° 66, il priait les lecteurs de ne point lui imputer les fautes de transposition ou les fautes typographiques qui se glissaient tous les jours dans sa feuille. Son absence était la cause de ces erreurs ou de ces lacunes. Le n° 68 est signé : « Lebois, transféré au château de Ham, hier à trois heures après-midi », et le n° 69, en date du 25 ventôse an III, ajoute au titre de *l'Ami du peuple* le sous-titre suivant : « *ou le Démocrate constitutionnel de R.-F. Lebois*, rédigé par une société de patriotes et de députés démocrates ».

La police fit main basse sur tous les papiers du rédacteur de *l'Ami du peuple*. Elle saisit ses notes prises à la Convention nationale et au tribunal révolutionnaire, entre autres celles qui concernaient les procès de Marie-Antoinette et des Girondins, sa correspondance, la liste de ses abonnés, les pétitions, mémoires, minutes, etc., qui remplissaient sa maison de la rue Sorbonne, n° 382, où il avait été se loger après la publication de son dizième numéro. En vain les citoyens Hoffmann, Taour et Delêtre certifièrent-ils que Lebois était un bon patriote ; en vain les citoyens Larcher, Chesneau et Habert affirmèrent-ils qu'ils avaient toujours entendu professer par Lebois les principes du plus chaud et du plus pur patriotisme ; les policiers firent la sourde oreille. On en voulait trop à Lebois de ses accusations et de ses plaintes qui, pareilles à celles qu'on lisait autrefois dans nos feuilles radicales sous ce titre *les Gaietés du sabre*, avaient exaspéré les ministres et les conventionnels, amis du pouvoir. Le journaliste avait eu le tort, par exemple, d'accueillir les doléances d'un tabletier de la section Bonne-Nouvelle, qui prétendait avoir été chassé de la garde nationale pour avoir jadis servi dans l'armée révolutionnaire. Pourquoi recevait-il des lettres aussi compromettantes que celles de l'adjudant général Lefaivre? « Nous t'envoyons, lui écrivait cet officier, une copie de la réponse des brigands de la Vendée à l'amnistie qui leur a été accordée par la Convention nationale. Elle a été envoyée à un de nos camarades détenus. Nous te joignons aussi une partie des douleurs que ces scélérats ont fait souffrir aux vrais citoyens et à nos défenseurs de la patrie. Nous te prévenons aussi que l'on vient de mettre en accusation l'adjudant général Legros, prévenu d'avoir fait fusiller et noyer comme nous. En suite d'ordres, il n'a pas été mis en jugement, et nous, après avoir été jugés, on nous a incarcérés contre tous les principes de la loi... » Un des codétenus ajoutait en post-scriptum : « Nous travaillons à faire un petit ouvrage. Sitôt qu'il sera achevé, nous te le ferons passer.—Signé : Horace Molin. » La police trouvait encore dans les papiers de Lebois une lettre d'un officier de santé, Lavalette, qui le priait de répandre ses écrits révolutionnaires dans le faubourg Antoine et une lettre d'un citoyen Pavis ainsi conçue : « Il seroit à désirer que le rédacteur multipliât ses numéros, qu'il y dénonçât au peuple la faction scélérate qui nous mène en poste à la contre-révolution ; que le peuple sache que ses défenseurs, les hommes les plus purs, sont incarcérés ; qu'ils demandent en vain à être jugés et qu'ils ne peuvent l'obtenir... » Un autre écrivait (et nous respectons son orthographe) : « Je te prie de *fere sonere les servisse des patriote opprimé !*... » Ce ne sont en général que des épitres de détenus, farouches démocrates et ennemis résolus des thermidoriens. Mais il en est une qui, par son ton plaintif et douloureux, tranche curieusement sur les autres. Elle est signée : « Maréchal, maître ès arts. » En voici le contenu piquant : « Je sais bien qu'en vous écrivant, j'écris au vrai mérite. Aussi, je le fais avec une confiance qui est votre propre ouvrage. Avant tout, je vous prie d'accepter deux exemplaires de mon poème sur *la Mort de Lepelletier*, agréé de l'Assemblée et goûté des gens de lettres. Souffrez actuellement que je m'ouvre à vous. Je suis un homme de lettres malheureux et un ex-curé constitutionnel, écrasé par l'orage de la Révolution. Je vous avouerai même qu'au moment où j'écris, je me trouve en proye à toutes les horreurs de la nécessité. D'après ce déplorable exposé, j'ose me jeter dans vos bras pour vous prier de m'accorder une petite avance d'humanité. Mais comme je suis moi-même le porteur de ma lettre, je vous conjure de me recevoir dans l'ombre du secret. La grâce sera double et digne de vous. »

L'abonnement et la correspondance de Romme, qui avait pris part à l'insurrection de prairial, furent une des charges les plus accablantes contre Lebois. Déjà une séance de la Société des Amis de la Liberté et de l'Égalité, tenue aux ci-devant Jacobins, avait attiré l'attention de la police. On y avait lu, le 5 brumaire an III, le neuvième numéro de *l'Ami du peuple*, dans lequel le rédacteur s'attachait à prouver qu'il existait une différence essentielle entre l'opinion publique et l'opinion du peuple. « Des téméraires, écrivait-il, parlent au nom du peuple ; le peuple les désavoue. Le peuple n'a besoin ni d'inspirateur, ni de régulateur, ni d'interprète ! Éclairé par la raison, le peuple n'envie point au bel esprit, au conspirateur, au fripon, le périlleux talent d'égarer l'opinion. Ses droits, il les connaît. Ses devoirs, il les chérit... Dès qu'un individu ou un parti voudra diriger l'opinion du peuple, soyez sûr qu'il veut s'en emparer. Et à quel besoin s'en emparer, si ce n'est pour régner ?... » Les plus vifs applaudissements accueillirent ce passage, et Romme s'écria : « La Société a témoigné par l'attention qu'elle a apportée à cette lecture que les principes qu'elle entendait étaient les siens. Il est nécessaire de prendre tous les moyens de propager ce qui peut être utile à l'égalité. Je demande que le numéro soit distribué à la prochaine séance, tant aux membres qu'aux citoyens des tribunes et qu'il soit fait aujourd'hui une collecte pour en faire les frais. » La proposition de Romme fut adoptée.

Une tempête éclata bientôt dans la Convention contre le journal de Lebois. Le représentant Lefiot avait profité de la motion concernant l'augmentation de l'indemnité législative, pour parler de la misère publique, de la disette, etc. Bentabole, furieux, lui répliqua avec la dernière vivacité et dénonça les plans des conspirateurs qui voulaient déshonorer et perdre la Convention. « On ne se contente pas, dit-il, de conspirer dans l'ombre, on est assez audacieux pour publier des projets criminels. Jamais je n'attaquerai la liberté de la presse, mais je crois que vous ne voudrez pas non plus qu'elle serve aux projets du royalisme ou de la faction qui veut détruire la représentation nationale et qui, n'en doutez pas, est d'accord avec les royalistes. (Oui, oui! s'écrie-t-on.) Voici un journal au bas duquel on trouve ces initiales C. R. du P. (Plusieurs voix : « C'est Châles!) Je ne sais quel est l'auteur, mais voici l'adresse où se distribue ce journal : Rue Traversière-Honoré, n° 21, au rez-de-chaussée.

Plusieurs voix: « C'est l'adresse de Châles! » Bentabole lut alors le fragment suivant de *l'Ami du peuple :* « Il fut un temps où les républicains avaient une manière de raisonner et de juger aussi simple que sûre. Telle chose, disaient-ils, plaît aux aristocrates, donc elle est mauvaise. Telle autre leur déplaît, donc elle est bonne et favorable au peuple. Cette logique, je le sais, n'est pas celle de l'Académie ni des faiseurs de livres; mais le bon sens qui éclaire le peuple est un aussi grand maître qu'Aristote et ses disciples. Jugez donc le 31 mai et le 10 thermidor avec le bon sens du peuple. Les aristocrates applaudissent à l'un et se déchaînent contre l'autre. Maintenant appliquez la formule triviale, mais juste et vraie, des sans-culottes ; la conséquence est facile à tirer. Il y a toujours eu et il y aura toujours, entre le peuple et l'aristocratie, opposition de principes et d'intérêts. Voilà pourquoi le peuple et les aristocrates sont divisés d'opinion sur ces deux mémorables journées, dont les résultats jusqu'à ce jour ont paru diamétralement contraires. On ne doit en Révolution juger que les résultats. » Après cette lecture, Bentabole fit observer que l'intention de l'auteur de cet article était de prouver que le 9 thermidor ne s'était fait qu'en faveur de l'aristocratie. Il continua sa lecture. « Le peuple savait-il, disait le journal démocrate, qui le menait le 14 juillet et où on le menait ? Il n'était, dans ce premier acte de la Révolution, que l'instrument aveugle de l'ambition et de la vengeance des ennemis de la cour, de la noblesse, des parlements et du clergé. Assis sur ses trophées, il sentait le besoin d'être libre; mais, sans expérience et sans guide, il était destiné à ne le devenir qu'après avoir été le jouet de toutes les factions. Le 10 août, le peuple victorieux ignorait pour quelle cause il venait de verser son sang. » A ce moment Merlin de Thionville s'écria : « Ça n'est pas vrai ! Le 10 août, le peuple décréta la République en détruisant le palais de ses rois. L'auteur de cette diatribe ne peut être qu'un lâche fripon ! » Et Marec ajouta : « Il n'appartient qu'à un ami du roi d'écrire de pareilles horreurs ! » Châles, vivement attaqué, ne put faire entendre sa voix, couverte qu'elle était par les clameurs. Mais ce fut bien pis quand Bentabole lut ce dernier passage : « Puisse la chute de Robespierre être suivie, comme le fut celle de la Gironde, d'un retour général aux vrais principes et d'une forte impulsion vers la démocratie ! Puisse la journée du 10 thermidor sur laquelle l'opinion du peuple est encore indécise..... » Ici le compte rendu du *Moniteur* constate que l'indignation de l'Assemblée empêcha Bentabole de continuer sa lecture. L'orateur ajouta seulement : « Je crois que les choses que j'ai dites sont assez positives, pour qu'on ne puisse pas douter qu'il existe un projet de renverser la Convention qui a fait la journée du 9 thermidor. Cet écrit annonce de plus qu'il éclatera sous peu un coup terrible, que tels ou tels hommes qu'on désigne seront massacrés. Je demande que les comités vous fassent après-demain un rapport sur la situation de Paris. Vous verrez que la conspiration ne doit pas tarder d'éclater. » Merlin de Thionville alla plus loin et demanda qu'on abattît d'un seul coup les restes de la horde maudite de Robespierre. Mais l'Assemblée passa à l'ordre du jour sur ces diverses propositions. Le lendemain, au parvis de l'Égalité on brûla le journal de Lebois. Un mois et demi après, *l'Ami du peuple* allait subir un nouvel assaut dans la Convention. Une députation de la section des Marchés vint protester à la barre, le 11 ventôse, contre les démagogues qui voulaient « révolutionner l'humanité pour la considérer à travers un microscope ensanglanté » ! L'orateur de la section déclara à la Convention qu'elle n'avait point tardé à soustraire aux regards le buste de Marat, mais qu'elle voyait avec peine un homme, qui se disait son successeur, établir sous le titre d'*Ami du peuple* des listes de proscription et secouer les torches de la guerre civile. Depuis trop longtemps la justice était immobile. Qui donc arrêtait son bras ?...

Châles prit la parole et s'expliqua en ces termes : « J'observe à l'Assemblée, et ce n'est pas de ma part un sentiment de pusillanimité, que le journal intitulé *l'Ami du peuple* fut rédigé par moi jusqu'au n° 16 inclusivement, que depuis il est passé entre les mains d'un rédacteur que je ne connais pas. J'invite donc mes collègues à ne m'attribuer ni la gloire, ni le blâme, ni les calomnies qui pourraient résulter de ce journal. Si j'étais l'auteur du numéro dénoncé, je l'avouerais, car il y a de la lâcheté à désavouer ses écrits ; mais comme je ne le suis pas, je me borne à faire remarquer aux citoyens qui sont à la barre que leur démarche est contraire aux principes, qu'elle attaque la liberté de la presse : que cette liberté de la presse est la sauvegarde de la liberté publique et que si l'on en abuse pour calomnier un ou plusieurs citoyens, les tribunaux sont ouverts pour faire justice du calomniateur... » L'ordre du jour fut encore adopté, mais douze jours après Lebois était arrêté. Cette mesure ne désarma pas ses corédacteurs, car un rapport de police, en date du 17 ventôse, constate « l'affectation de ce journal à inculper la conduite de la Convention nationale et à justifier celle de ses membres mis en arrestation (Collot d'Herbois, Billaud-Varennes et Barère), ainsi que ses réflexions tendant à soulever le peuple par le tableau hideux de la misère... » Aussi garda-t-on plus d'un an et demi au château de Ham le journaliste ennemi du pouvoir. Ce fut le 2 brumaire an IV seulement que Lebois reprit la rédaction de sa feuille et signa ainsi le n° 75 : « Lebois, embastillé dix-sept mois ! »

La police continua à le surveiller et à le dénoncer avec rigueur. « *L'Ami*

du peuple, dit un rapport du 4 frimaire, remplit la tâche qu'il s'est imposée de
souffler le feu de la discorde, de semer la défiance parmi le peuple contre le
gouvernement. La fermentation s'accroît tous les jours par les placards des
Patriotes de 89 et la feuille du nouvel Ami du peuple 1. — Les crieurs de
l'Ami du peuple annonçaient que les mouchards étaient arrêtés, que le bureau
central allait être puni de mort sur-le-champ pour avoir conjuré. « Ces
coquins ne nous arrêteront plus! disaient-ils 2. » Lebois, quoique menacé,
ne gardait aucune modération. Tout lui était prétexte à railleries. Dans le n° 82,
il se moquait — la chose était facile — des costumes législatifs. « Aujour-
d'hui, écrivait-il, le patriotisme et la vertu ne sont pas des marques assez
distinctives; il est nécessaire que les fonctionnaires publics soient parés de plu-
mets, comme le seigneur Quincampoix qui, du temps de la banque de Law,
chauffait la marmite du diable avec les billets à ordre de son maître. » Quand
on se rappelle que les Cinq Cents étaient revêtus d'une longue robe blanche
ornée d'une ceinture bleue, les Anciens d'une robe bleue ornée d'une ceinture
écarlate et les Cinq Directeurs affublés de pantalons de soie blanche, de vestes
blanches brodées d'or, de petits escarpins à bouffettes et de grands chapeaux
à plumes, on comprend l'hilarité de Lebois... Si nos juges de paix avaient
pour rendre leurs décisions la marque distinctive suivante : « Une branche
d'olivier en métal suspendue sur la poitrine par un ruban blanc et à la main
un bâton blanc surmonté d'une pomme d'ivoire sur laquelle est gravé un
œil noir », nous aurions de la peine à garder notre sérieux à l'audience.
Mais ni le Directoire ni ses fonctionnaires n'entendaient la plaisanterie et les
sbires de la police reçurent l'ordre de surveiller plus attentivement que jamais le
facétieux écrivain. « Lebois — dit un rapport du 29 brumaire — a fait placarder
avec profusion une affiche qui a pour titre : *La vérité au peuple par des patriotes
de 89*... Beaucoup de lecteurs, mais peu d'approbateurs. On a observé, en la li-
sant, que les crises révolutionnaires étaient toujours précédées d'affiches de
cette sorte. Toutes les réflexions que l'on a entendues annoncent que les citoyens sont las de la tourmente et qu'ils aspirent au repos que doit procurer le
nouveau gouvernement. » Le 14 frimaire, une autre affiche de Lebois attirait
les regards. Quelques-uns la considéraient comme un tissu de mensonges in-
ventés par les terroristes pour ramener le règne de Robespierre ; la plupart y
applaudissaient et déclamaient contre les nobles, les prêtres et les accapareurs.
Le 18 frimaire, on réaffichait *la Vérité au peuple* dans les sections qui, la veille,
n'avaient pas eu de pain et dans celles qui ne devaient pas en avoir le jour
même. Au jardin Égalité, chaque jour vers deux ou trois heures de l'après-
midi, une femme mal vêtue, montée sur un banc, faisait à haute voix lecture
de *l'Ami du peuple*. Cette lecture produisait les plus vives excitations sur les indi-
vidus déjà aigris par le manque de subsistances. Aussi le juge de paix de la section de l'Ouest décerna-t-il contre Lebois un mandat d'amener, le 11 nivôse.
Le 12, Lebois courut à la Société du Panthéon, dont il était membre, faire part
à ses collègues de ce mandat lancé contre lui pour avoir prêché la loi agraire,
et avoir dit que le but de la République française avait été d'ôter du bien à

---

1. Rapport du 29 frimaire an IV.
2. Rapport du 22 prairial an IV.

ceux qui en avaient trop afin d'en donner à ceux qui n'en avaient pas assez. Il invita cependant la Société à attendre paisiblement la fin de cette affaire. Le lendemain, il fut conduit chez le juge de paix, où il subit un long interrogatoire. Le magistrat fut incriminé par les démagogues, pour avoir écrit, à Merlin de Douai, à propos de Lebois : « C'est un jeune homme de vingt-sept ans qui a de l'énergie et il est bien malheureux qu'il se soit porté à ces excès ; il serait bien mieux placé, s'il voulait embrasser toute autre cause. » On cria au royalisme et l'on accusa le juge de paix d'être un faux républicain. La courte arrestation de Lebois fit naître dans Paris une violente agitation. « Pourquoi, disait-on au café Chrétien, arrêter un écrivain patriote et protéger les journalistes-chouans, *le Courrier français, le Courrier de Paris, le Messager du soir,* etc. ? Puisqu'on favorise ouvertement les scélérats tels que Richer-Sérisy et d'autres, sous peu nous serons vengés!... » L'intention des révolutionnaires était d'amener ce mouvement et d'y intéresser les ouvriers. Lebois et Babeuf, ces deux noms revenaient sans cesse dans les discours des exaltés. « Leur plume énergique, disaient-ils, démasquera toujours les scélérats qui sont dans le Corps législatif, et cela, malgré les persécutions qu'on leur fait éprouver. » Le juge de paix avait, entre autres griefs, reproché à Lebois d'avoir inséré dans un de ses numéros une lettre de Babeuf. Ce grief, rapporté par l'accusé à la Société du Panthéon, amena une longue discussion sur la liberté de la presse consacrée par la Constitution et une foule de malédictions contre le gouvernement qui osait persécuter le vrai défenseur du peuple. Lebois s'en vengea en publiant un écrit incendiaire, intitulé *Parallèle du gouvernement de Robespierre avec le gouvernement actuel,* et il eut l'adresse de dérober cet écrit à toutes les investigations de la police. L'un des projets du journaliste avait été de publier sa feuille tous les jours, mais des obstacles matériels l'empêchèrent de donner suite à ce dessein, comme le prouve ce passage du nº 131, en date du 7 ventôse an IV : « J'avais annoncé dans mes deux derniers numéros que je donnerais cette feuille tous les jours, parce que je m'attendais qu'au 1er ventôse un nouvel ordre de choses serait établi dans la diminution des matières premières et dans la main-d'œuvre ; mais c'est qu'au contraire elles sont plus que doublées ; et en vertu de l'extrême crédit des assignats, on me demande le payement de mes fournitures en numéraire ou au cours, ce qui me met hors d'état de mettre à exécution mes derniers engagemens. En conséquence, je préviens mes concitoyens que j'attendrai le remède à tant de maux qui désolent ma patrie depuis dix-huit mois, pour les faire jouir de la lecture de ma feuille tous les jours.

« R.-F. Lebois,

« Embastillé dix-sept mois. »

Quatorze jours après, le journaliste tenait enfin sa promesse. Le 2 germinal an IV, *l'Ami du peuple* paraissait sous le format in-4°, avec cette note : « Ce journal paraît tous les jours. Il contient les séances du Corps législatif. Le prix de l'abonnement est de 400 livres pour huit mois et de 200 livres pour un mois. Les lettres et les paquets seront toujours adressés franc de port à R.-F. Lebois, rue et maison ci-devant Sorbonne. » Chaque numéro était précédé d'un sommaire contenant les divers sujets traités dans le journal et rédigés de façon à provoquer l'attention. Aussi le journal officiel du Directoire, *le Rédacteur*, se plaignit-il bientôt de ce procédé. « La promulgation des perfides sommaires de *l'Ami du peuple*, écrivait-il le 26 prairial, continue d'attirer la foule et de provoquer les propos les plus incendiaires, *Tocsin de l'insurrection sonné contre le Corps législatif et les membres du Directoire !* criaient hier les colporteurs. — A la bonne heure ! répondaient quelques agitateurs. — *Complot découvert de faire justice de quatre membres du Directoire !* — Tant pis s'il est découvert ! — *Projet de sauver le grand conspirateur Babeuf !* — Rayez le mot de conspirateur. C'est notre ami ! — *Lettre de Babeuf à Drouet dans laquelle il lui dit qu'étant entourés de nouveaux Tarquins, il est tenu de les faire disparaître.* — Il a raison, il est temps !...

« Ne se rappelle-t-on pas, ajoutait *le Rédacteur*, que c'est par ces provocations que les feuilles de Marat et d'Hébert étaient parvenues à familiariser le peuple avec les idées de meurtre, de pillage et de désorganisation ?... » Le représentant Trouille avait déjà dénoncé le nº 82 de *l'Ami du peuple* aux Cinq Cents, le 24 prairial. « Je viens appeler votre attention, disait-il, sur ce numéro qui se distribue en ce moment et qui tend à porter le peuple au soulèvement contre la représentation nationale. Si, jusqu'à présent, nous avons été indifférents sur les calomnies particulières insérées dans des journaux contre nous, c'est sans doute par égard pour ceux de nos collègues qui font ce métier. Mais nous ne devons pas laisser impunie l'audace effrénée de ce folliculaire. Je demande que ce numéro soit adressé au Directoire par un message, afin qu'il en fasse punir l'auteur selon la rigueur des lois. » Trouille donna lecture du passage incriminé. Il y était dit qu'on ne concevait pas pourquoi il fallait tant de troupes à cheval sur le pont Notre-Dame, pourquoi tant de vedettes. Ne semblait-il pas qu'on voulût prendre d'assaut Paris, ce repaire de la misère ? Le peuple souffrait et mourait, et on avait osé le peindre au Corps législatif comme une troupe de voleurs, de brigands, de pillards auxquels il fallait fermer la bouche. Le représentant Lemerer se contenta d'observer qu'il existait des lois contre les provocateurs à la révolte En conséquence, il réclama l'ordre du jour, qui fut adopté.

Malgré toutes ces menaces, Lebois ne s'intimidait pas. Ainsi son journal disait à propos du 9 thermidor : « Oh ! combien la République a reculé depuis cette époque funeste ! Combien la gloire de la France a diminué ! Combien les oppresseurs du peuple se sont réunis et fortifiés ! » Il publiait à tout moment des adresses de patriotes vigilants qui dévoilaient les ennemis de la République ; il défendait les septembriseurs, il attaquait les amis du gouvernement avec une telle audace que plusieurs fois ses crieurs furent maltraités en pleine rue ; il cherchait à séduire l'armée. « L'esprit des troupes campées aux environs de Paris, dit un rapport de police daté du 5 messidor an IV, est livré à la corruption. Le journal de Lebois ou *l'Ami du peuple* leur est prodigué. Il est le seul propre à les mettre en mouvement et en état de sédition... » Neuf jours après, les lecteurs de ce journal trouvaient à l'article *Paris* cette petite note significative : « Nous regrettons de ne pouvoir donner aujourd'hui les motifs de notre nouvelle arrestation, les verrous ayant mis entre nos travaux et nous une séparation ; mais j'espère satisfaire mes concitoyens demain. » Le nº 103, du 15 messidor, portait après le nom de Lebois ces mots : *Embastillé dix-*

sept mois et réembastillé au Plessis. Puis venait l'explication promise. Le 12 messidor, à huit heures du matin, en vertu d'un mandat d'amener daté du 7 messidor signé : Clozier, Lebois avait été conduit devant Louveau, directeur du jury. « J'ai subi un interrogatoire, disait Lebois, duquel il est résulté le mandat d'arrêt qui me tient actuellement au Plessis et la prévention du crime contre la sûreté intérieure et extérieure de l'État et comme ayant prêché le rétablissement de la Constitution de 93.

« Oui, j'ai commis de grands crimes, ajoutait Lebois, oui, je conspire encore, mais c'est pour ma liberté et pour la consolation de ma femme et de mes enfants, qui mourront de faim, si l'on ne me rend promptement à la liberté... Malheureux, embastillez-moi ou faites-moi embastiller, je serai toujours le même. J'ai bien su porter les fers de Robespierre, ceux du marquis de Rovère, je saurai porter encore ceux de Cochon et de sa clique !... » Le n° 31 du 3 floréal, qui demandait le rétablissement de la Constitution de 93, avait donc été la cause de l'arrestation de Lebois. Le 16 messidor, on opéra une perquisition infructueuse à son domicile; le 6 thermidor, on le conduisit à Sainte-Pélagie et le 27 thermidor, à la Conciergerie. Le 9 fructidor, on le fit comparaître au tribunal criminel du département de la Seine pour entendre la cassation de l'acte d'accusation dressé contre lui par Cloziers, directeur du jury, et son renvoi devant un autre directeur. Le 11 fructidor, *l'Ami du peuple* portait à la suite du nom de Lebois cette lamentable suscription : « Embastillé vingt mois et réembastillé à la Conciergerie. » Le n° 192 du 13 vendémiaire an V la modifie ainsi : « Embastillé vingt-deux mois ! » Suit cette adresse de Lebois à ses concitoyens : « Enfin, après trois mois de détention, le tribunal criminel du département de la Seine, d'après la déclaration du jury, vient, par jugement du 9 courant, de me rendre à ma famille, à la liberté et à la patrie, dont je vais continuer de défendre la sainte cause contre leurs ennemis, quel que soit le masque qui les couvre !... » Le numéro du 14 vendémiaire contient cette annonce : « Mise en jugement de R.-F. Lebois, l'ami du peuple !... Discours prononcé par lui au tribunal criminel du département de la Seine, le 9 vendémiaire. — Au bureau du journal. — Prix : dix sous pour Paris et quinze sous pour les départements. »

Les vingt-deux mois de prison qu'il avait subis exaspérèrent *l'Ami du peuple.* Dans le numéro du 27 floréal, il traitait les directeurs de « mulets panachés, de mulets de Provence » ! Il y annonçait la mise en vente de la défense de Gracchus Babeuf et y faisait une guerre acharnée au Directoire. Celui-ci se venge encore en ordonnant, le 4 nivôse an V, l'arrestation de Lebois. Cette fois, l'enragé journaliste ne reste enfermé que quinze jours. Au sortir de sa prison, il quitte la rue Sorbonne pour aller s'installer au passage du Commerce, cour de Rohan, quartier André-des-Arcs. Dans une nouvelle série, dont le premier numéro est daté du 2 prairial an V, Lebois apprend à ses lecteurs qu'on trouvera à son imprimerie le discours d'Antonelle devant la haute cour de justice de Vendôme, faisant suite au discours de Babeuf, de Germain et de Buonarotti. Le 12 prairial, il attaque sans réserve la cour de Vendôme qui a osé condamner à mort ses amis Babeuf et Darthé, et le lendemain il écrit : « Tout est consommé et Vendôme a vu tomber les têtes des deux nouveaux martyrs de la liberté !... » Sa colère contre le Directoire redouble. Il poursuit de ses railleries et de ses menaces Carnot, Lagarde, Benezech. Cette attitude violente se maintient jusqu'au 22 thermidor an V. Que se passe-t-il alors ?... Nous ne pouvons affirmer rien de précis, mais les lecteurs de *l'Ami du peuple* reçoivent cet avis de leur rédacteur : « Des circonstances particulières me forçant de suspendre mon journal pendant quelque temps, je préviens mes abonnés qu'ils recevront en remplacement *l'Éclaireur du peuple* qui paraîtra tous les jours à commencer d'aujourd'hui... » Il semblerait qu'une conversion se prépare. Tout à coup on lit dans le n° 77, daté du 21 fructidor, cet avis assez explicite, quoique écrit dans un fort mauvais français, placé en tête du journal :

« R.-F. LEBOIS A SES CONCITOYENS.

« Je n'ignore pas les différens propos que la malignité s'est permise au moment que des circonstances critiques m'ont forcé à interrompre mon journal. Il me suffira de dire aux patriotes, aux républicains pour lesquels j'écris que j'ai été persécuté pour raison de ma chaleur patriotique par les ennemis les plus acharnés du gouvernement républicain. *Grâce à la sagesse du Directoire,* cette crise est passée et je reprends avec plus de courage un travail, dont je sens l'utilité pour le peuple que j'aime.

« C'est sous tes auspices, peuple français, que je continue mon travail. Je désire que ta confiance en moi soit égale à l'attachement éternel que je t'ai voué !... »

Et ce numéro contient le sommaire suivant : « Départ des députés égorgeurs et assassins du Directoire et des républicains, condamnés à la déportation. — Indignation des républicains de ce que les scélérats de Thibaudeau et sa clique ont eu leur grâce. — Déclaration faite par *l'Ami du peuple* qu'il faut poursuivre et exterminer partout jusqu'aux derniers ennemis du gouvernement. » Ainsi l'ami de Marat, le continuateur de Marat, l'admirateur de Babeuf, le défenseur et l'Ami du peuple est devenu tout à coup le courtisan, le séide du Directoire, l'apologiste de ce gouvernement qu'hier encore il poursuivait de ses fureurs et qu'il traînait dans la boue ! C'est le même Lebois qui, le 25 frimaire, c'est-à-dire quelques mois auparavant, lançait dans tout Paris la fameuse pétition: *le Directoire traité comme il le mérite !...* Cette pétition, écrite au nom des ouvriers, des rentiers, des pensionnaires, des marchands en gros et en détail, des manufacturiers, des commis et employés de la République, contenait les plus formidables menaces. C'était un réquisitoire en règle. « Éclairés par le flambeau de l'infortune sur nos véritables intérêts, disait emphatiquement Lebois, nous ne pouvons plus être à l'avenir les dupes du langage perfidement mielleux de ces folliculaires, qui ne se jettent en avant sur la scène que pour couvrir de fleurs le précipice qu'ils creusent sous nos pas !... » Le peuple attendait impatiemment l'ordre et la paix, la punition des coupables qui spéculaient sur sa détresse. La corruption avait envahi la France depuis le 9 thermidor : agiotage, débauche, scandales, plus de mœurs, plus de liberté, tel était le tableau qu'on avait sous les yeux. Les prêtres réfractaires rentraient et arboraient le drapeau de la contre-révolution; les émigrés revenaient et chassaient ceux qui avaient acquis leurs biens ; tous préparaient une Saint-Barthélemy républicaine et le rétablissement du trône et de l'autel. La qualité de républicain était un titre de proscription ; la police, ignorante et injuste, se faisait la complice des fripons et des assassins ; les finances étaient dans le délabrement le plus complet, les mandats sans valeur, le commerce anéanti, l'industrie abandonnée, les ateliers déserts, le consommateur à la merci du marchand, les charges et les emplois vendus aux partisans de l'ancien régime... Tels étaient les griefs de Lebois. « Vous sentez-vous, disait-il aux directeurs, la force et le courage de réprimer ces abus et de combler ce gouffre de misère ?... La tardive expérience vous dessillera les yeux tôt ou tard. Puissent-ils être ouverts à la lumière avant l'instant marqué par vos faux amis pour faire tomber vos têtes sur l'échafaud !... » Il leur ordonnait de réorganiser les tribunaux, de changer la police, de punir les fournisseurs infidèles, de chasser les contre-révolutionnaires, de raviver l'esprit public, de secouer l'indifférence générale, de prendre des mesures pour restaurer le commerce, de rouvrir les ateliers, de secourir les rentiers et les employés. Il était temps d'arrêter la famine... la nourrice en pleurs voyait son sein desséché, l'enfant mourait de faim à ses côtés, le vieillard en était réduit à chercher une nourriture infâme dans les débris des ruelles... « Nous venons, concluait la pétition, de vous exposer les causes du mal et de ses effets. Nous y avons ajouté une partie des mesures que nous croyons indispensables dans les circonstances. C'est à vous maintenant à prononcer !

« Directeurs, placés entre la gloire et l'infamie, il ne vous reste plus qu'à choisir !

« Suivent les signatures de tous les malheureux !

« R.-F. LEBOIS. »

Cette pétition agita Paris et inquiéta le Directoire. On voulait faire payer de nouveau à Lebois sa surprenante audace, mais quelques rusés partisans du pouvoir résolurent de s'y prendre autrement. Six semaines avant le coup d'État qui devait proscrire plus de soixante journalistes, Lebois fut pressenti et changea subitement d'attitude. Que lui donna-t-on ? Que lui promit-on ?... Nous ne pouvons rien indiquer de précis à cet égard, mais il est certain qu'on obtint de lui une subite transformation.

Le défenseur des misérables, l'apôtre de la liberté acclame le 18 fructidor, Augereau et ses grenadiers ! Il voit ses confrères déportés, leurs presses brisées, leurs ateliers et leurs bureaux fermés, leurs journaux déchirés et jetés au vent, et il dit que le Directoire a été grand dans les revers, mais « généreux après la victoire » ! C'est le dernier mot du dernier numéro de *l'Ami du peuple*. Il demeure évident pour nous que ce journal a eu peur de partager le sort du *Journal de Perlet*, de *l'Éclair*, du *Messager du soir*, du *Thé*, du *Censeur*, et d'une cinquantaine de feuilles accusées de conspiration contre la sûreté de la République. Il a eu peur d'être déporté avec une soixantaine de journalistes et il a fait sa soumission. Voilà où en était arrivé le farouche Lebois [1] !...

1. Cela ne rappelle-t-il pas la conversion extraordinaire des 121 farouches conventionnels qui, après avoir voté la mort du roi et juré d'exterminer tous les tyrans, sont devenus ministres de Napoléon 1er, sénateurs, tribuns, conseillers d'État, conseillers des prises, conseillers à la Cour de cassation, conseillers à la Cour d'appel, juges de tribunaux de 1re instance, procureurs impériaux, préfets, sous-préfets, receveurs généraux, receveurs particuliers, employés des finances, de l'intérieur, de la police, consuls, sous-inspecteurs aux Revues et même messagers d'État !...

Du 24 vendémiaire an VI au 7 messidor an VII, il se tait. Il cesse d'écrire. On l'a presque perdu de vue, quand il se présente de nouveau dans la presse avec *le Défenseur de la Patrie, faisant suite à l'Ami du peuple.* L'éternelle rubrique « Embastillé vingt-deux mois et demi! » reparaît. mais comme une propre satire du rédacteur... Neuf mois se sont passés et une brouille nouvelle a éclaté entre Lebois et le Directoire. *Le Défenseur de la Patrie* demande l'arrestation de Schérer, de Rewbell, de Ramel, de Merlin, de La Revellière-Lépeaux et de Treilhard. Il appelle Rewbell « Rapinat-Voleur » et l'accuse d'avoir volé un service de porcelaine appartenant à l'État, ainsi que les couvertures des lits du Directoire. Il lui décoche ces quatre vers, en forme d'épitaphe :

> Ci-gît le voleur Rapinat
> Qui fut voleur même au tombeau,
> Puisqu'en mourant le scélérat
> Escroqua son corps au bourreau !

Lebois traite aussi Schérer de fripon, François de Neufchâteau d'âne, M. J. Chénier de Janus, et Sieyès de penseur incompréhensible... Il accuse Barras de ne s'occuper que de sa cave, de sa cuisine et de ses lapins: il malmène Talleyrand qu'il compare au Diable boiteux... De son journal, il court au club des Jacobins, où il prédit la dernière crise que va subir la République. Qu'obtientil alors? La fermeture du club et la disparition du *Défenseur.* Le dernier numéro, en date du 6 fructidor an VII, contient cet avis : « L'abondance des matières nous force à remettre à *un prochain numéro* un coup d'œil sur la situation de la République et sur ce que font ceux qui sont payés pour la sauver... »

Lebois, qui n'avait probablement obtenu que de maigres faveurs ou de vaines promesses du Directoire, auquel il s'était rallié un peu avant le 18 fructidor, avait cru habile de recommencer une campagne contre lui. Elle n'aboutit qu'à faire supprimer son journal et bientôt Paris oublia le nom de celui qui avait voulu continuer *l'Ami du peuple.*

Sous le gouvernement qui, trois mois après, succéda au Directoire, Lebois essaya de ressusciter le journal d'Hébert, *le Père Duchesne.* Impatienté, le premier consul fit un geste et la défroque d'Hébert alla rejoindre la guenille de Marat. Cette fois, Lebois avait vécu.

HENRI WELSCHINGER.

Paris — Imp. A. Quantin. 7, rue Saint-Benoît.